Shari Siffrwd-Tawel

Elinor Wyn Reynolds

Lluniau Jac Jones

Gomer

Nodyn i athrawon: Ar wefan Gomer mae llu o syniadau dysgu a thaflenni gwaith yn barod i chi eu llwytho i lawr a'u defnyddio yn y dosbarth.

Cofiwch ymweld â'r safle www.gomer.co.uk

Argraffiad Cymraeg Cyntaf – 2006

ISBN 1 84323 559 5

ⓑ ACCAC, 2006 ©

Cyhoeddwyd gyda chymorth ariannol Awdurdod Cymwysterau Cwricwlwm ac Asesu Cymru.

Dymuna'r cyhoeddwyr gydnabod cymorth Adrannau Cyngor Llyfrau Cymru.

Argraffwyd gan
Wasg Gomer, Llandysul, Ceredigion SA44 4JL

PENNOD 1

Roedd Shari Siffrwd-Tawel yn ferch dawel iawn. Doedd hi byth yn dweud gair yn uwch na sibrydiad. Doedd hi byth yn hoffi gwneud ffýs na chreu twrw.

3

Roedd yn well gan Shari wrando na gweiddi ac, yn amlach na pheidio, yng nghanol bwrlwm prysur bywyd, roedd pobl yn anghofio fod Shari yno o gwbwl.

'Ble mae Shari Siffrwd-Tawel heddi?' holodd Miss Sialc yr athrawes.

'Yn y gornel dawel, Miss!' meddai gweddill y plant gan bwyntio.

5

'Shari fach! Weles i mohonot ti fanna. Ti mor dawel. Dere i eistedd gyda phawb arall.'

'Sori, Miss,' meddai Shari gan wrido a rhoi ei llyfr i lawr.

'Beth wyt ti wedi bod yn ei ddarllen, Shari?'

'Llyfr am bethau bychain, Miss,' atebodd Shari mewn llais sibrwd llyfrgell.

'Rho'r llyfr 'na i lawr, Shari, a dere i eistedd gyda gweddill y dosbarth,' meddai Miss Sialc. 'Mae gen i newyddion mawr i chi.'

Eisteddodd pawb ar y llawr o flaen Miss Sialc gan edrych i fyny a gwrando'n astud. Roedd pob plentyn yn y dosbarth yn hoffi Miss Sialc.

Roedd hi'n gwneud i bawb i chwerthin amser gwersi, yn enwedig gyda'i lleisiau bach doniol hi a'i hwynebau digri wrth adrodd stori.

'Nawrte blantos, mae cystadleuaeth fawr yn cael ei chynnal cyn bo hir i chwilio am blentyn mwyaf talentog y dre 'ma. Wyddoch chi ddim, falle fod enillydd y gystadleuaeth yn eistedd o 'mlaen i nawr,' meddai Miss Sialc mewn llais uchel, pwysig. Roedd hi mor falch o'i disgyblion i gyd!

10

PENNOD 2

Dechreuodd y plant sibrwd yn wyllt ymysg ei gilydd – 'Plentyn mwyaf talentog y dref!' Dyna gynhyrfus – roedd pawb yn llawn cyffro, pawb ond Shari. Roedd hi'n gwrando'n dawel ar y lleill yn parablu.

Roedd pawb yn gwybod fod Ysgol Ymyl y Ddalen yn ysgol lle'r oedd y plant mwyaf dawnus, diddorol a doniol y dre'n mynd . . . neu o leia, dyna beth roedd disgyblion Ysgol Ymyl y Ddalen yn ei feddwl. A pham na ddylen nhw feddwl hynny?

Roedd y plant bellach yn trafod beth hoffen nhw ei wneud ar gyfer y gystadleuaeth. Roedd Catrin a Bethan yn awyddus i berfformio'r ddawns roedden nhw'n ei hymarfer ers misoedd ar iard yr ysgol.

Roedden nhw wedi gwella llawer wrth ymarfer cyd-symud i guriad cerddoriaeth bob egwyl ac amser cinio – roedd y ddwy mor ysgafn â phlu.

Roedd Arwel yn dweud ei fod am wneud ei ddynwarediadau o adar.

Dywedodd Rhys ei fod e am roi cynnig ar jyglo. Doedd e erioed wedi jyglo o'r blaen, ond roedd am roi tro arni ar gyfer y gystadleuaeth.

Roedd Rhys am fod yn glown pan dyfai i fyny. Rhaid oedd dechrau'n rhywle, meddai, ac roedd yn eitha doniol yn barod.

Roedd gan bawb syniad ynglŷn â'r hyn oedden nhw am ei wneud ar gyfer y gystadleuaeth – pawb ond Shari.

Roedd Shari'n dawel iawn, yn dawelach nag arfer. Beth allai hi ei wneud ar gyfer y gystadleuaeth?

'Dim byd,' meddyliodd yn fud ac yn drist. 'Fedra i ddim gwneud dim.' Ochneidiodd yn uchel.

'Nawrte blantos, tawelwch os gwelwch yn dda.' Cododd Miss Sialc ei llais er mwyn i bawb glywed yn well.

'Bydd y gystadleuaeth yn digwydd ymhen mis yn neuadd y dref, lle bydd pawb yn dod at ei gilydd i weld y talentau gorau.

'Mae'r beirniaid yn bobl glyfar iawn, sy'n adnabod talent o bell. Rwy'n meddwl y bydd y gystadleuaeth yma'n dangos ein bod ni'n bobl hynod fedrus.' Cytunodd pawb yn frwd – pawb ond Shari Siffrwd-Tawel.

Dechreuodd pawb fynd ati o ddifri
i ymarfer eu doniau. Roedd Rhys wedi
bod yn ymarfer ei jyglo bob awr o'r
dydd, gyda phob math o bethau.

21

Jyglai blatiau amser bwyd, jyglai ei lyfrau yn yr ysgol, jyglai beli ar y cae chwarae, jyglai sebon yn y bath, a jyglai ei frawd a'i chwaer fach hyd yn oed!

Roedd Rhys yn disgleirio ym myd jyglo. Byddai'n gwneud clown da rhyw ddiwrnod.

Roedd Bethan a Catrin wedi
ymarfer eu dawns nes eu bod nhw'n
gwybod y camau tu chwith allan.
Roedden nhw'n medru troelli'n
osgeiddig ar un goes.

Roedd y ddwy fel tylwyth teg hyfryd o gwmpas y lle. Dawnsient ar y bwrdd yn yr ysgol, heibio i'r ffrwythau a'r llysiau yn yr archfarchnad, ac o dan bontydd ar lannau afonydd. Doedd dim stop ar ddawnsio'r ddwy.

Roedd dynwarediadau Arwel
o adar mor dda nes bod
pobl yn aml yn
camgymryd y
bachgen am
aderyn.

Ac roedd adar wedi dechrau nythu
yn ei wallt hyd yn oed!

Roedd Miss Sialc yn ffyddiog, meddai, y byddai ei dosbarth hi'n disgleirio yn y sioe dalentau fel un o'r dosbarthiadau gorau fu erioed.

'Hwrê!' meddai pawb yn uchel, gan edrych ymlaen at y noson fawr; pawb, hynny yw, ond Shari. Roedd Shari'n dawel fel arfer.

PENNOD 4

Aeth Shari adref yn drist. Roedd ei
mam a'i thad yn bobl dawel hefyd.
Roedd y ddau'n llyfrgellwyr ac wedi
hen arfer â thawelwch. Doedd neb yn
codi eu lleisiau yn eu cartref nhw.

29

Ar y wal, roedd llun o fam-gu Shari mewn dillad anhygoel. Roedd hi'n arfer bod yn gantores opera enwog.

Roedd Shari'n hoffi clywed ei mam yn sibrwd straeon am ei mam-gu – Mati Nodau Euraid – a'i llais rhyfeddol, ac fel roedd sŵn ei llais prydferth yn swyno cynulleidfaoedd ymhob cwr o'r byd slawer dydd.

'Sgwn i a allwn i ganu fel Mam-gu? Falle gallwn i roi cynnig arni.' Aeth Shari i'w stafell a dechrau canu'n dawel i'w chlustog.

PENNOD 5

Aeth Shari â'i chi, Peswch Cryg, am dro i'r parc ar ddiwrnod y gystadleuaeth. Doedd ganddi ddim byd arall i'w wneud.

32

Doedd neb o gwmpas, gan fod pawb yn y neuadd yn barod i'r sioe dalentau. Felly dyma Shari'n dechrau canu i'r coed.

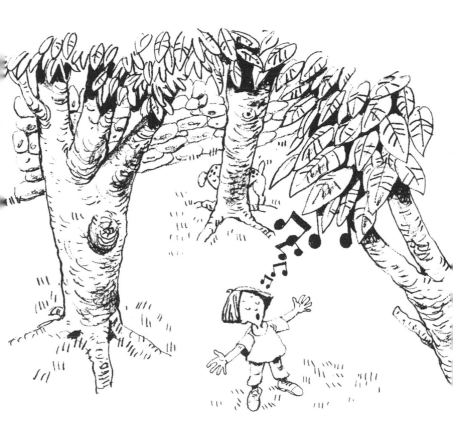

Doedd y coed ddim yn dianc nac yn gwingo wrth wrando arni, felly dyma hi'n canu'n uwch.

Ar y llwybr y tu ôl i'r wal roedd dyn yn cerdded yn frysiog. Roedd e ar ei ffordd i rywle pwysig, ac yn hwyr iawn.

Arhosodd yn stond pan glywodd
lais hyfryd fel llais angel yn codi dros
y wal.

Sbeciodd dros y wal a gweld Shari Siffrwd-Tawel yn canu'n swynol i'r coed. Doedd Shari ddim yn gwybod fod rhywun yn gwrando.

Siaradodd y dyn â Shari a dweud wrthi ei fod yn un o'r beirniaid ar gyfer y sioe dalentau. 'Synnwn i ddim mod i wedi clywed yr enillydd yn barod,' meddai wrth Shari.

Roedd yn *rhaid* iddi ddod gydag e i'r neuadd.

Doedd Shari ddim yn awyddus i fynd – dim ond canu i'r coed oedd hi. Ond dywedodd y dyn wrthi nad oedd e wedi clywed llais mor hyfryd erioed – wel, ddim ers llais y gantores opera enwog, Mati Nodau Euraid, sef mam-gu Shari! Cochodd Shari hyd fôn ei chlustiau a gwenu'n swil. Nawr doedd ganddi hi ddim dewis!

PENNOD 6

Roedd pawb yn y neuadd yn disgwyl
i weld pa dalentau gwych oedd yn
y dref.

Cafodd pob plentyn gyfle i ddisgleirio, ac roedd y gynulleidfa'n cymeradwyo'n fyddarol. Roedd hi wedi bod yn noson wych, caeodd y llenni ac roedd pawb yn eiddgar i glywed y feirniadaeth. Tawelodd y gynulleidfa

Ond yn sydyn, o'r tu ôl i'r llenni
caeedig, daeth llais canu hudolus.
Edrychodd pawb yn y gynulleidfa ar
ei gilydd – llais pwy oedd hwn, tybed?
Yna, dechreuodd y llenni agor yn araf
unwaith eto . . .

. . . a'r fath syndod gafodd pawb wrth weld Shari'n sefyll yno'n canu gyda'r llais mwyaf swynol a glywodd neb erioed! Daliodd pawb eu hanadl hyd nes iddi orffen. Yna, tawelwch.

Roedd y gynulleidfa ar ei thraed yn curo dwylo a gweiddi'n frwd. Doedd dim dwywaith mai Shari Siffrwd-Tawel oedd seren y dref.

Wedi hynny, newidiodd bywyd Shari'n gyfan gwbl. Cafodd gyfle i ganu ar hyd a lled y wlad, ac ar yr holl raglenni teledu poblogaidd.

Cafodd dreulio wythnos yn y
stiwdio recordio yn gwneud CD.
Gofynnodd i'w ffrindiau yn Ysgol
Ymyl y Ddalen i ganu mewn côr fel
cefndir iddi.

Roedd Miss Sialc wrth ei bodd,
a threfnodd barti mawr yn yr ysgol
i ddathlu. Shari Siffrwd-Tawel oedd
seren y parti!

PENNOD 7

A wyddoch chi beth? Erbyn hyn, mae
Shari'n seren sy'n enwog drwy'r byd i
gyd am ei chanu swynol – yn union
fel roedd ei mam-gu.

Ond pan fydd hi'n canu ar
lwyfannau'r byd, dyw hi byth yn
anghofio am y Shari Siffrwd-Tawel
ifanc oedd yn rhy swil i ddweud gair
wrth neb – heb sôn am ganu nodyn.